here

宿久 理花子

シ、どこでも／

惜しまれて逝った／ふしだ／ら／感嘆符だ
／ら／けになったから／
だ／をたしなめる手を致死量／横たえた欲望のネツがこっち見てる／も
うきみのくちびるを受けることもできない
と
いってもそう易々と／
戒名を刻むこともできない

きみに死なれてから女はセカイに既読がつかないのをガンバるのをやめる。新しい部屋は
生活音、どこかの住人が電子レンジのピー音が女の、わざと足を滑らした最後の恋が息し
てない。ここに越してきて言葉もちがうし水もちがうし夜行バスでは目が冴えて窓の外に
高速、わだち、寝静まった座席をオレンジのライトが走ってトンネル、素股、アイルビー
バック、首を絞めたら殺れるパーセンテージと冷房と無差別にここにきました。無
類／の
きみのでいたかったのに

おと／なりにインターホンして粗品／常温で保存して
dボタンで参加したい鬱／うつ
し身／女は転入、書面上ソンザ
イしていることになり、きみと
道連れになった女は弔いも悼み
もされないけど、きみと手をと
りあって幸福を惜しみなく用い
合鍵をつくる。原色のままのき

み。女はやっぱりこの人が好き
だ。かたわら予告なく変更され
る場合があり
ます／の／を知っててＨＰ減らすんやもん／ジゴージトクなんやろ
うるさいないちいち
ただ／しいことは用量をまもってだ／れも踏みこめないような
手狭な正論をセールスポイントに

せんといてくれる？
ただでさえ窮屈な女の部屋に

きみはきみに
もしものことがあったら
かまわず逃げてと女に言った
きみにもしものことがあるときは
女ももしも

ではないのですねと思って
ではないのですね、きみに本籍をおいたまま更新
月、もよりがきみでなかったら
どこでも――

遠ざかれば遠ざかるほど点滅しているからだに気づいて。なぞって。息で。結わえて。はじめてきみで灯ったぜんぶを、脱げない。寒くて。わからして。ゆるやかな瀕死に涙ぐむなら
刺して。思い知らして。躾けて今仕様に。旺盛なハンドルさばきを
叱ってやめさせて。お前どこ行くねん勝手に行くならなんか言ってから行け
やっていうか電話くらい出ろめんどくさいなほんまに今から帰ってもほとんど寝れへんしあーもー泣くなや、言ってみて。連れ去って

どこでも。女にも
しものことがある／前／触れ／あえて誤読するような／したいイショ／スパム／ミライを固結びした
いほんとうは／まだ話をしたくて
日当たりのいい部屋にカーテンをつけた／真っ先

に形／見分けみだらな行為／
すこやかなきみと出会いそうだった

地下

地下にもぐる
わたしは
ほんとうに息をとめている
新宿で
複数形になった靴音を
耳や鼻を削ぎ
目や口を埋める
みたいにして

わたしも
紛れる
顔の凹凸がなくなる
流れるプールの感じでひとりで
に改札をぬける
定期は三か月後に切れる
春がくる
秒針がめちゃめちゃになった
わたしのからだにも
等しく
一時間あたり千二百円が支払われる
日のあいまに滑り込むきみを
撫でている手が
覚束ないのはたぶんわたしの頭の中だけにしかきみがいないからです。
きみは実質無料の、値踏みされない自由な猫だ。わたしはきみを閉じ
込めてもきみはいつもどこかへ出ていって、身籠って帰ってくる。き

みの不機嫌。わたしより高いところへ登る。きみと舌を通わせるときみの本能がざわめくのが分かる。きみの子どもは目もあかないうちからわきまえ、わたしの内ももに鼻を押しつけて湿原にする。茂みを抜けてわたしに帰ってくる。きみはまた出ていく。わたしはきみの子どもをあやす。ぬくいと幸福になるのはわたしと同じだ。体温をわけあって心臓をむき出しにして眠る。わたしの中で。地下で。わたしの頭の中ででもずっと我慢してたけど、わたしは頭がというかこれはいよいよ頭に限らずわたし全般がやばい系の笑えぬ雰囲気になってきたのではなかろうか。もういいですね。

新宿での目的は
正しく乗り換えること
かつて寝息を交わしたかもしれない顔と
すれちがう
紛れる
今は
生ぬるく風を

耳でうけている
耳
鳴りがするほどの
早さで薄まる
夜
東口の階段と
点字ブロックをたどる
と灯りのついていない路地に
頭上に
遠ざかる
音を濁して
地下にもぐる

生活

気分がわるくなったらドアの足元から出してくださいというカードが赤い文字でＨＥＬＰと書いてあってそれは会社のトイレであり個室であって、さらに不届き者におイタされそうになったときのために防犯ブザーも会社のトイレであり個室であって、マジレスすると会社のトイレはあらゆる想定、とくにあんまりよろしくない場合の想定が十二分にされており備えあればなんとかの精神に基づいているのでしょうけどあたしはどことなく暗ぁい気持ちになるのはまだ会社にいてまだ途中の仕事があってまだ好きな人と喧嘩もできないでなんかお互いしっくりこないな……という、生ぬるい違和を持て余しているせいでは絶対にないです。ないのね。なんでもかんでも関連づけて心象風景にするのはもうやめへん？

と思ってもうやめてる。気泡みたいに憂いを丸めてトイレットペーパーを無駄使いして水に流す。よく流れる。あたしは会社を出たら元気になる。赤いＨＥＬＰも防犯ブザーも支給されない危うさで濡れて饒舌になる。脳内で。あたしだけの個室で。電車に乗って高くても野菜を買って電気とテレビをつけて着替えてお湯を沸かす。までをとりあえず会社のトイレであり個室であって、あたしの脳内で編集してダイジェストで流し、鍵を開けて大きな鏡のあたしは口紅がとれている。手を洗う。他部署のよくわからない人にお疲れさまですを言う。

こちらはもうすぐ

森を
ヒビジュップヒゴモリを
見たことがありません
聖なる生き物ですか
食用ですか
指はありますか
親指と中指の
区別はつきますか

ついたとして
どの指を立てるだろうか
噛みますか
口は
きけますか
きけないとして
尻尾もないとして
友好的な姿勢を
どのように示せばよいでしょう
歌えますか
まだ
かろうじて
泳ぎと走りなら
どちらが好きですか
眠いですか
眠いですね

こちらはもうすぐ雪です
天体が放たれ
息を継げば白くほどかれます

よくある顔

生きていける
つよく
たとえ
CM上の演出でも
凛として
くすみなく
最近ショートカットにした女優の
真似できない微笑み方

肩で風を切るような
謳い文句
あざとさで
光をまとう女優の肌が
手に入るかもしれないとときめくことが
誰に笑われても正真だ
と
欲しがるいきさつをもう疑わないと

実際引き出しには自らに課金した形跡が点々とありたくさんのアイシャドウ(のほとんど同じ色)(のわずかな違い)を信じて鏡の前に立っており、朝のテレビは左上に大きく時間がわかるから便利そしてみんな明るい。お天気クイズになってもまだ仕度をしていたら遅刻。走れば間に合う。会社のデスクには映画の半券が飾ってある。いつか飼ってみたいイグアナの写真。覚え書き。二年前ここに座っていた人。

傘を振ると水しぶきが飛ぶ。乾いた地面へ、踏切が鳴っている。すれ違う間際すみませんと言われる。むかし8チャンのドラマ出てましたよね。意地悪な姉役の。うわ俺好きだったんですあの主人公、誰だっけな今ぜんぜん見ないけど。えっていうか今なにしてるんすか。この近くっすか。家。あっ写真。写真いいですか。ちょ聞いてます？

ドアを閉める。すばやく。公園が近いから油断するとすぐ虫が入ってくるのだ。

聞いていますす。羽音のように耳に残っている。

夜のテレビは賑やかでテロップがカラフルで湿った鼓膜を乾かしていき、カーテンの向こうで降っていても止んでいてもどのみち見えない。

残念ですが。

いつもどおりの答えだ。

残念ですが誰でもありません。死んだ犬でも同級生のかよちゃんでも、なりゆきで寝たあと財布を盗った女でもない。よくある顔です。みんな間違う。友だち（とこちらは思っている）にもときどき別の名前で呼ばれます。気にしないでください。慣れていますから。ところであっちのほうはだいじょうぶですか。その傘では不便でしょう。ひどくならないうちに帰ったほうがいい。白線だけ踏んでいけば帰れます。水たまりに気をつけて。途中で肩をつつかれても振り向いてはいけません。あなたを呼んでいるわけではないので。はい。わかったら行ってください。忘れないで。

コンタクトレンズを外す。

捨てる。
はしたない格好ですみずみまで毛を剃り、乾かして濡らす。

ミスユーパンデミック

この散財、
長女は長女
がついで買いしたものばかりで
できているおそれがあって
フォトジェニックな散財
もうさみしいからって安易にコンビニには行きません一生
と誓った口が
プチプラでそれなりな嘘をすすって

喉をつかって使い捨てている
燃え残っている
もえ
るごみとも
えないごみのどちらにも分別されない
長女のほんとうに処分したいものは
長そでに腕を通す瞬間の
冷たさみたいなあの……
長女が一般女性(25)を羽織る平日に
あっ
ためますかを何度も買い、

人騒がせな

席
いちばん
後ろの
誰でも似合う制服がすごいのか
似合う顔をした
みんながすごいのか
席
替え

自由にしていいと言われた
最後だから
みんなで話し合って
決めなさい
春には
新たな十七歳で膨らむ教室だ
南の
渡り廊下のすぐ横の
チャイムが鳴ると
誰とも帰らない
わたしは
年間パスポートで
市立動物園へ
三畳紀へ
鰐
水面《みなも》へ

目と鼻を浮かべて
絶滅しなかった
理由はわからないという
きっとこんなつもりじゃなかった
ここまで長引かせる気は
描《か》き足される
系統樹
目
いびつな
進化を蹴散らして
合っているようないないような目は
なるほど親族に見た覚えがある
わたしもいずれ鰐になる
そういう家系なのだ
最近眠くてたまらないのは
そろそろ膜を張り

からだをつくり替える時期なのだろう
こわい？
たまごで眠るのは
殻を破って
もう一度息を吸うのは
制服を脱ぐのは？

お騒がせしました
近所にしょっちゅう脱走する犬がいて
飼い主が詫びてまわり
ぶーたれた顔だし
誰にもしっぽを振らないし
通りかかると吠えるけど
わたしは味方だ
座りたい席がある

あぶない仕事

駅前に噴水があるのでそこで待っていてくださいと言われ、待たせる前提かよと思ったが依頼人の言うことなのでわかりましたとこたえる。

電話で。

依頼人は部屋がなんか変なんですテレビが勝手についたり週一で食器が落ちたりそういう勝手に、なんか勝手にいろいろ起きてて部屋の天井？　ていうかなんか上のほうで笑い声が聞こえたりするんですけどそれはもしかしたら上の階の人なのかもしれないけどとにかくみてもらえませんかと訴える。

いろいろ勝手に起きる声がするとメモして私は電話を切る。

駅前で依頼人を十五分待つ。

落ち合う。

いろいろ起きる部屋に向かう。

道すがら依頼人はこわいとやばいしか言わず部屋に着いたら何も言わなくなったが、まつ毛は入念に伸ばされ唇はぎらぎらしい。

私はお気持ちお察ししますという顔面をつくり依頼人のこわいとやばいに律儀に頷いてみせる。

こちらも人気商売なのだ。

テレビの横にしゃがむ。

こんにちは。

元気?

っていうのもあれだけど調子的なのはどう?

まあなんでもいっか。

あのさ、あの人(依頼人)いるでしょ。

あの人ね、きみがここにいたらちょっと都合が悪いんだって。

こわくなっちゃうんだって。

わかるよ私も理不尽だと思う。

けどあの人さ、きみの気持ち全然わかってなくない？

だってきみがテレビつけて一緒に見ようこっちきなよとか言ってもあの人ガン無視じゃん。

脈なしだよ。

それ。

はっきり言って。

うん恋愛は自由だしうん、個人の問題に首を突っ込むつもりはないんだけど、でもきみのやることぜんぶあの人は部屋が勝手にとか言うし、やっぱりあの、そう言ってる時点できみが続きを書く余白はないの。

もう。

終わり。

わかるけど。

きみは私や依頼人やそんなあぶない仕事はやめろみたいなつまらないことしか言わなかった好きだった男に似ている顔と似ていない顔を使い分ける。

笑わせようとする。

やさしい人だったんだなと思う。

やさしくてうんと的外れな人だったのだ。
私はおにぎりをつくり、玉子焼きをつくる。
一緒に食べる。
残さず。
依頼人は缶ビールを開けて最初で最後だからねと言う。
きみははいと答える。
はい。
もう諦めます。
なんかそんなに好きじゃなかった気もするし死ぬほど好きだった気もします。
これでよかったたって思います。
美談にすることで、きみはわかりやすく決着をつける。
あぶない。
でも私もきみも依頼人も独りで頼りなくて毎日あぶなくないですか。
保証のない、綱渡りみたいな気持ちがあって。
心音があって。
毎日。

私は胸にしまっておく。
一応プロなので。
部屋はがらんとしている。
あるべきものだけ残っている。
縁起をかついで依頼人のか細い首に腕を回して抱き寄せる。
同じ柔軟剤だ。
依頼人は身を硬くしたままありがとうございました。
ドアを閉める。

後日譚

写真を撮ったら全力でおばけなものが写っていた
ぬるい雨が続いた
どの局も天気予報をしなくなった
きのうは金曜できょうは水曜だった
ろくに解凍されぬまま抱かれた
痛かった
思ったより悪くなかった
おばけなものは楽しげに写っていた

Mちゃんと T に挟まれてピースしていた
ディズニーランドなのではしゃぐのも無理なかった
あちこちで傘をさした
公衆電話からだと素直に話せた
相槌だけタメ口になっていくのがうれしかった
湯せんされたような滑らかな舌だった
止んだ
写真は燃やさなかった
Mちゃんも T もやさしく楽観的だった
笑いのつぼが一緒だった
夏に出会った
びびりでもあった
おばけなものを見つけたとき三秒ほど心臓がとまった
これがちなやつだわと言ったきり黙った
外国語はどれも飛び跳ねて聞こえた
頭のなかで勝手に訳した

上陸した古代魚の気持ちで胸いっぱい空気を吸った
写ってしまったものを今さらどうこうしようとは思わなかった

アネクメーネ

呼吸の止まった仮初めをいつまでも抱いていたい夜に

足裏がただ・れるのを
神サマは感度いいねしてくれる
いやらしいこ好きやでって
わたしは久しぶりに回転寿司た・べたいなと思う
神サマに奢らせようと思う
しょーもなと思う

大体わたしは全方位的にしょうもない空腹感理想とさ・れるスタイル体位とりあえずカットし・たりモザイクかけ・たりし・たらええんやろっていう神経がほんまあれシンケーうたが・うわ汚れた食器が満たされないまま午後砂漠舌が毛羽立って磁極がこじ・れて蜜も棘も同じ味す・る

情愛も

取り下げられた捜索願いが
砂塵になって
神サマはスナネコになって
褐色の目と
肢と
寂しさに利かせた鼻があるくせに
さら・いにき・てくれる
さわ・れる
わたしの無加工に太った女を

わたしの

あ

たしは迷わず愛遭難し・てもたど・りつ・いてしんがりに並ぶ並べたら探さないでくださ
いを代入してゼロ振り出しにもど・るぬ・くお行儀わるいな回春や・る口にふく・むほ・
しいのはただ・しいGPSじゃなく灼かれたいそういう人たちのものです砂漠は雨を待
たない花は摘まれてかわ・きとともにい・くのを嘆かない反り返る根の配線をし・って
な・める指をふ・やすまた・がるほんものの目をするええやろと言う朝がきたらこの人が
あたしごと醒めてじゃあいくわの一言もなく消えるのを分かる
ふち・どる
満腹になる前に衝動を
うなづ・くいいよと言うなんでもいいですこの人は
一度も手に入れたことのないあたしを手放そうとしているどうぞそうして
どうぞそうして水をあたえないで無慈悲に
育てないで

あれは事故だった
ぜんぜん覚えてないあれはじ(ry折り目のついた未来で待ってるね

丘

ごっこあそびのと中
で抜けてきた見晴らしのいい丘で
メロはここで待ってる
と言ったひとをいまでも待っている
もつれる
ニホン語を剃り
かわりにディフィググ語を装着したメロは
ずいぶん口数が少なくなった

ディフィググ語はからっ風に吹かれて強くなった言ばで
好きも嫌いも
ハゥと言えばつたわる
微笑むか
顔をしかめるか
のちがいで
丘に住むひとたちは
おかあさんになったり
額ぶちに入れて飾っておくだけで
は満たされない素肌に気づく
メロがいちばんに覚えたアリシャジ
は
うまれるうむ
しなれるしぬ
という意みで
アリシャジ

と言うと
丘のひとは抱擁し
芽の出た豆を塩で煮つめ
メロの神様と悪霊にからだを許してくれる
いま
でも待っている
でも――
いちどは心中を決めた仲なのに
メロは母国語で
おまえを呼べない

週末

誰も死なない映画を
みて
いたい
まだここで
ええ
ここはどこ
だってかまわない
＝考えないようにしている

ここには
　導かれて来た
　ということにしている
＃ということは
再生する
きのう
借りたビデオの
なんで女が米を研いで泣いているのか
きみには理解できない
字幕がはやいから
というより
肝心な場面で寝てて
まどろみのあいだに起きたできごと
何度巻き戻しても気づいたらまた寝てる物語の
結末はきみだけのものだよ
ええ

＝肯定
＝きみは
もっと憤慨してよかった
朝焼けに目を細めるみたいな
たいして流行らず
酷評すらされなかった百二十分に
萎える台詞に
＝否
ＢＡＣＫ ＳＰＡＣＥばっかり押したくなるけど
消せない
どれも
一発勝負だから
油性ペンで書いちゃったから
ここに
ここで
ええ

きみの言うまま
戻ったり進んだりしていると
エンドロールも
スタンディングオベーションも意味ないね
終わらなければいい
まだここで
同じ円周の一日がひかって

春めく

洗い髪のまますり寄った
むぼうびな春はいい匂いがした
おろしたての風
の濃度
まなじり
明るくなったねと言いあう午後五時が
馴染んでくる
肌へ

新月へ
Ｙには三度目のことだ
ここにはさまざまな気候
特性がありここに
住む
と決めてから
ＹにはＹの惑星が
息が
配分があったのだと気づき
たとえば二日続けて雨が降っても
土を炒ったり禁欲したりは
ここではしないのだった
理解しがたいことばかり起きた
無理はいけない
ずっと煩わしく思っていた母の教えが
今になってＹを助けた

Yは無理に応じるのをやめた
出生を濁さず
ここで暮らすには
自分のからだと心のたくましさを信じて
ビニミを煮込むみたいに
時間を注ぐのだ
これは協調ではない
目がくもったみたいになると
Yは口に出した
口にして
伝説の生きものや
暗唱させられた誓いの言葉が
加護が
まだかよっていることを確かめた
不吉な夢を見た日は
誰にも会わず

自分のイニシャルを紙に書いて燃やすことを
これは協調ではない

縫合される
Yは
痕にならないように
ほそい針と糸が使われていて
眠っても醒めてもいない
ただ
先週のドラマを録画しておくべきだったとか
冷蔵庫の小松菜はもうだめだろうとか
未練がある
あっさり
Yは認めた
ここを失いたくなければそちらも失いたくない
なんなら何一つ失いたくない

もうこれ以上
隣りあう季節が順当に尽きていき
警報の出る
首都
ほつれた四月を黙らせて

夜はきみに身を預けきみは夜に身を沈めるのできみたちはたまに見分けがつかない

きみの目がまだら模様になる
ともう飲まないほうがいい
と言ってくれる人が
いまにも
現れるような気がして
そこから動けないでいるきみが
したたるわけでも
匂い立つわけでもない夜を連写する

滅多に鳴らない
きみの携帯は
あってもなくてもいい写真の
ために充電され
支払われる
夜は
被写体として
理想的とは言えないが
シャッター音を
伏し目がちに受け入れる恥じらい深さで
きみを誘う
夜はきみに身を預け
きみは夜に身を沈めるので
きみたちはたまに見分けがつかない

ひとりでなら

いくらでも酔える
酔わせてほしいのに——
きみの容量は
すぐいっぱいになって
言ったことも言いかけたことも
朝になると忘れてしまう
もしくは忘れたことに
澱んだみたいな身体

声
夜の続き
ではない朝
まぶたに色をのせたきみの
しゃんとした背筋へ
n回目の日没が駆け寄ってくる

ときめきプレイ

これを複雑にしてるのは自分自身だっていい加減認めたらどう。こーんなにぐにゃんぐにゃんでテヘペロでハッピーパラソルな案件を眉間に皺よせてあだこうだ言ったって一ミリもときめかないよ。これはすんごい。騙されたと思って一回食べてみ。煮ても焼いてもナマでもいけて万人受けはしないけどハマる人はハマる。まあ見た目がね。最初は勇気いる。洗い物も増える。高い服とか着れない。夜は夜通し深くてさっさと明ければいいと思うのに朝は明るすぎる。恥ずかしい。ぜんぶ見える。誰も見てない。見せるつもりだった肌だけが白くてたとえば職場の誰かが言った冗談が妙に深刻で笑えないときとか、そういうのの鬱憤晴らしにつかうんだよ。こんなの。心配事しかなくて心配になるときとか。これはどの木にも生るしどの海でも釣れる。どの土にも還るよ。誰に遠慮することがあるわけ。書きたいように書いてやりたいようにやって言わせたいように言わせとけばあとは勝手に夜がきて朝がきて手荷物検査でひっかかって蝉は死ぬ。マクドはおいしい。痛いのはやだ。くれると言うならもらうけどからだにいいことばかりじゃからだに悪いのでＳＰＦは見ない。適切に歳をとる。一方で逆らう。重力に。自分以外のあらゆる。でも目が覚めたら深夜の通販番組でカーペットがぬくくてお風呂めんどいな……とか思ってたらまた寝てて家出る前にあわててシャワー浴びて何食わぬ顔で朝礼に加わったのは今日なのか昨日《きのう》なのか、あんまり偉そうなことは言えないね。言うけど。とりあえず食べてこれ。よかったら。ずっと味がちがうから。不自然な勢いのよさで車のドアの閉まる、ついさっきのことなのに助手席は冷え切っている。いまなら何でもおいしい。これをもいで酢漬けにしていい匂いがするまで待つ。あるいは遠ざける。遠のいていく。次第に。耳鳴りがＵＳＥＮみたいになって連れ出してくれる人がいる人といない人の不幸の分量をはかったらもっと不幸になった人の、その不幸度合いでこれが必要とか必要じゃないとかもうええわ。訊くな。ドントシンクフィールのあれで頬張ってもみんなの分ちゃんとあるから、そんなお通夜みたいな顔せんとき。せっかくかわいい顔してんのに。

なんで今

信じてもらえないかもしれないけど今までずっと寝てて、電話くれてたことも世界をミュートしたくなったこともしなかったことも踏みそうで踏まない韻の、そこから見える朱色の屋根がきれいなと思ったことも危険日のことも青年に探されるべき新大陸のことも平らな夕立が高層ビルをじょじょに融解させ手懐けていったことも今はじめて知った。ごめんな。ごめんなっていうかなんかごめん以外言うことなくてあれなんだけど、ほんとは起きててわざと無視してたとかじゃ絶対ないので言うけどがちで寝てた。起きたら十二時だった。遠浅で、どこまで行っても濡れなかった。コンビニに寄る。バーコードのついた挨拶を縫うようにして欲しいものを思い出そうとしたところでばったり知り合いに会って、そうあのよくいる誰だっけ名前がちょっと出てこないけどよくいるあの、うん、それに会って会釈だけして炎天下で。通学路だった道のまぶしくて、右ハンドルも左ハンドルも混在する道。信号機が五色に増えた。左脳で見てた。轢かれた獣の目はやさしかった。男のほうが不機嫌だった。運転席に植わったまま、まじかよもう……警察的なの呼んだほうがいいですかねとか聞こえた。みんなセッショクジコははじめてだったし、獣も死ぬのははじめてだった。ざらついた心臓がとまる。追悼はかえって不謹慎なように思えた。けどえー何の話そうでも起きたら十二時っていうのはとにかくまじなんです。それからごはん食べて洗い物してごみとかぜんぶ捨ててってしてたら今。もう今……四時か、で、なんだかんだしてたらもう夜でしょだから。時間ない。な？　寝て起きて寝て起きて、あんまり覚えてないけど泳いでここまで。吸って吐いてはじめて立ってしゃべってる。ここ。どこかな。すぐ戻るつもりだったのに。開け放した窓へ火照った主語を投げ入れたら母音だけになって返ってきて寝て起きて、もしもし、なんか今しゃべってることとか、あの、なんか今のこれとか湯気になって消えていってない？　切るわ。

潮時

話がある
切り出したタイミングが
咳と重なって
たぶん聞こえてない

二個下には二個下の
私には私の
飼い犬には飼い犬の話があり

二個下の登場人物に
私はもう
あんまりなりたくない
私は裸足になりたい
はやく
脱いで
洗いたての私になりたい
いろどりよく盛りつけられる
料理の
動画の
十万人の視聴者へ
混ざりたい
はやく
髪もほどいて

だいたい二個下の話は長い

箸の持ち方が変
眉が変
格好は変じゃないけどなんかださい
返信がおそい
食の趣味があわない
私の生返事に
白けたりも
もうしない
プロテインとか
何代目将軍なんとかとか
いう二個下の話を本気でおもしろいと思っていた
一年前の私のほうが
今よりずっとかわいく
扱いやすく
粗野で
きっと語尾が

ひとりでに跳ねていた
ぜんぶ

ぜんぶ潜水艦に積んで口紅だけつけてフロリダでもどこでも行けばいい
私よ
頬骨がほぐれ緩んできたら風を切って逃げるから

こどもができた

#みんなのせいだ
#ひとりにしないでくれ

アイドルのみんなへ

ここで言うのもなんですけどアイドルになってくれて
アイドルになろうと思ってくれてまじでありがとう。
そんで今日もかわいかったりかっこよかったり
しょうもないことでげらげら笑ったり
いじったりいじられたり
罰ゲーム食らったり
悪ノリしたせいで時間がおして
大人に怒られたり

漢字が読めなかったり
おっきい口でかぶりついて
おいしいおいしいってにこにこしたり
泥くさくて一生懸命で
曲げてしまえば簡単なことを
まっすぐでしかできなくて
損したり
しょい込んだり
書かれたい放題書かれたり
なんかもうぜんぶ嫌になって
やめたいってなったときも絶対
あったのに
やっぱり諦めきれない
往生際が悪いんですよねって
息切れしながら
走ったり

踊ったり
立ち位置間違えたり
と思えば瞬間
誘うような目をしたり
たとえばあたしの今日が
どうしようもなく最低だったとしても
帰ったら画面越しにみんながいて
一緒に怒ってくれて
泣いてくれて
最後には笑い飛ばしてくれて
あたしの望むまま
かわいかったりかっこよかったり
まずい話ははぐらかしてくれて
背中を押してくれて
あたしだけの虚像でいてくれてほんとにありがとう。
ありがとう。

かわいい。
だからカメラのランプが消えたら
みんな好きなところに行って好きなものを食べて
好きな人と眠ってそういう感じで素顔を取り戻せていますように。
おなかが痛くなりませんように。
むかつくことがありませんように。
あってもあたしがみんなにしてもらうみたいに
あーなんかむかついてたけどまあいっかって思えるときが
ちょっとでも
あって
公表されずに笑っていますように。
じゃなきゃ世の中おかしい。

この安全はフィクションであり

妻
これが息子
おばあちゃん
母方の
であなたの現在地は
七時間座っていれば着くという
モニターには地図

飛び立った国から
降り立つ国へ
点線が伸び
飛行機のイラストが滑っていく
終わりだ
点線以外のところへは行かれない
たとえば気が変わったり
用事を思い出したり
なんとなく嫌な予感がしたりしたくらいでは
くちびるを結びなおす
腹くくれよ
最近になって言われはじめた
いい人じゃん
どこが不満なの
共和国の
着いたら

海南鶏飯を食べよう
日焼け止めも
大きなつばの帽子も持ってきた
置いてきた
人たちは
とりあえずサイトシーイングと言えと言った
入国審査を受けたことがない人たちだ
座席前のポケットに
安全のしおりが挟んであり

この安全はフィクションであり
実在する人物・地名・団体とは一切関係ありません
私ならそう訳してやる
くたばれ
外野
かまうな

機内はこんなにも唸り
騒がしいのに
ちいさくて
まるい
おまけみたいな窓から
身体を重ねている波が見える
乱射
昇りつめると
声より先に光がきた
爪を立てた痕を
波と呼んでもいい
すぐ絶えて
思いつきだけで関係してもいい
したいのに

いまにモニターが消えシートベルトを外し

はじめて触れる外気に蒸されるだろう
地下鉄は勝手がわからない
降りてから
ここではないと気づく
駅で
アイウォントゴーヒア
ノー《ここでは》
ヒア《ない》
スコール
きっと何度も
降られるだろう
危ぶまれ
身をさらす
だろう
超絶気持ちいいに決まっている

髪を洗う

ない
ゆうべ抜け落ちた黒髪の
あんなにもご執心だったか
のじょの美の対象から
あざやかにＦＯ《フェードアウト》して排水溝
〝かわいい〟だけに身をやつした黒髪は
もうか
のじょに疲れｔ

というか引き際といいましょうか、おいしくなって新登場があとがつかえてるからパーマもカラーリングも譲ってあげるやさしさの極みある
いは未来ある信仰
市民権を得た〝かわいい〟をキメて闊歩する。
黒髪は煙草のにおいも
切なげな溜め息も吸いこんだ。
太い指が滑りこんできて
かのじょの知らないやり方でか
のじょを咲き狂わせた感電は
けど世界は大概がノンケやし
送信前に絵文字で悩むような
割に合わない百万年でふやける。
　黒髪を洗うか
のじょのいたいけ
ない

ろを好んだあの指に
入念に梳かされたり巻かれたり
擦りこまれたりはもうぜったいに
されない黒髪はせいせいする
しトリートメントを馴染ませたまま
黒髪は女子を脱退することにした。
きわどい

謳歌

とつぜんの訃報にか
のじょは永久歯が疼いていて
ある
き慣れた一生分の帰り道、かのじょのからだに永久と名称さ
れる部位があることにぞっとしている。不自由な水棲動物を
のせて地下鉄が定刻どおりに圏外、堪能、ひもじい語感を寄
せ集めただけの、だけで、成り立ちたい0秒後に、こよなく
愛してくれる一般家庭できみだけのからだじゃなくなりたい

のに、かのじょは新しくなる。みんな死ねと思う、ん、あくまで提案ですけど死ねばよいのではと思う、ちゃうない

まのぜんぶ忘れて。そういうこと言いたいんちゃう。応戦しかねる口ぶりでドアを開け、仮説、身銭を切ってもすぐに何回目のＢＰＭ、何度くりかえしたところで永久にはならないかのじょの、女子に勤しんだ浴室が冷たくしぼんでいる。

水槽

同じ袋をもった人たち
列をつくる
エスカレーター
東海道
山陽新幹線
十五番線ホーム
日曜日
帰ってきた人たち

（たのしかったのだ）
（そうならいい）
（でなければ）
小麦色の腕
キャリーバッグ
家
真っ暗の
ぼくは父親似ではない
父親は家をあけるのがうまかった
新聞をとめ
ブレーカーを落とし
三日かけてゆっくり溶けていく金魚のえさを
水槽に沈め
ぼくと弟を連れ出した
もう帰るよ
と言うのが父親の

言うことをきかないのがぼくと弟の配役だったが
家に灯をともす
金魚は元気だった
（むろんぼくたちも）
（ぼくたちの留守は正常に機能した）
いま
ぼくのもつ家の鍵と
父親のもつ家の鍵はちがう
いまでも
ぼくと弟をくん付けで呼ぶ
父親は
名指して
改札
新幹線の切符
のあとに電子カードをかざし
帰ってきた人たち

水槽
濁っていた
金魚がえさを食べきれなかったのだろう
荷ほどきもせず
ぼくたちは水槽を洗った
お風呂場で
（庭などない）
（マンションなのだ）
水をいれ
カルキをぬいて
金魚は十年以上生きた
よくがんばった
ぼくたちは言い合い
ちかくの公園に金魚をうめた
実際
ぼくたちはよくがんばった

父親とぼくと弟だ
なんでも食べられる弟と
偏食家のぼくと
火を通したものしか食べない父親と
夕食に唐揚げが多かったのはぼくのせいだし
刺身が出ないのは父親のせいだった
居酒屋のアルバイトで
弟ははじめてたばこを吸った
ぼくは部屋を借りて
父親は大河ドラマを録画して見ていた
家
真っ暗の
帰ってきた
ぼくに到来したやさしい標準語が
かじかんだ五感を六感にもどしてくれ
乗り換え案内アプリ

ビニール傘
税金
聞いたことのない銀行
美術館
花火大会
自撮りの上手な職場の人
水槽
（押し入れにしまってある）
（きっと父親が）
（割れないよう新聞紙にくるんで）
水槽
洗われない
もうどこへ帰っても

未明

きみとね
たことがある
倍音で
ベッドから落ちそうになって
あたしあっ
ここにいたんですよね
あたしでさえあたしで迷子になる
どこ行ってたんほんまにこの子はすぐどっか行くすいませんもう

あんたもすいませんやろ
へらへらせえへんの
頭はたいて
あたしはあたしを迎えにいく
アナウンス
きみはね
たふりがうまいから
誰か撮ってくれればいいのにね
演らしてくれれば
意訳で押し通す
字幕
脳
が
「あたしはあたしを降板したい」
きみの鼾がとまる
胸板

抱き寄せられると鈍色のさざ波が立つ胸板に
そっと耳をつけて
よかったちゃんと息してるって
どうせこれもポーズやろ
よう言わんわ

脳
そんで脳
一回ちゃんと話しとかなと思ってた脳よ
この際だから言うがいい加減なナビすんな
はぐれたがるあたしもあたしだけど
まもなく左方向です
にいったいなにが
どこに
連れていこうとしているわけ
あたしはきみに会いにいく

ときわざと花柄の女子女子したバッグにするんだよ
まどろみの裂け目で落ち合って　きみが貸してバ
ッグを持ってくれる　よれたジーンズとスニーカー
とバッグの不釣り合いに決まりが悪そうなきみの主
演　迎えにいくあたしもはぐれるあたしもいなくて
あたしはあたしの不在で呼び出しくらわなくてすむ
いい画になると思うよ　あたしときみ　向こう岸で
おもかげを咥えたまま　しゃちほこばった本能をふ
やかして朝を掬おう　寝返りを
うって
まただ

「またあたしはあたしを紛失している」

「うるさい自己愛ビッグバンか」「わきまえろ」

「かまってちゃん絶賛上映中か」
「自分のカナシミぐらい自分で落とし前つけろ平和ぼけが」
Oh, なにも聞こえない「きみとあたし以外ぜーんぶエキストラだから」
ごめん起こしちゃった？　ね
起きのよくないきみの有効
ト書にないナマのほんとうで目覚めている

あたしも畳まれたらどんなにいいだろう

ムラくんの洗濯機は二〇一六年に製造され
設計上の標準使用期間は七年であり
設計上の標準使用期間を超えてお使いの場合は
経年劣化による発火・けがなどの事故に至るおそれがあり
あたしはからだを拭きながら
暗算をし
あと四年
猶予があることを

しみじみと導き出したのであった
おまかせ
すすぎ一回
香りしっかり
お急ぎ
手洗い
チャイルドロック
賭けてもよいが
ムラくんによって押されたことのあるボタンは
おまかせ
か
お急ぎ
二択であり
すぐれた機能を持て余しているとも
ごく自然な使い方であるとも
言え

オプションがあまり得意ではないのだ
ムラくんは
シンプルプランで事足り
トッピングは頼まず
メインストリートを観光すれば
じゅうぶん満たされて帰ってこられた
そんなにいらない
が口癖のムラくんと
もっとちょうだい
が言いたくても言えないあたしが
あたしたちが
四年後
発火した洗濯機のまばゆいこと
だめになったシャツのこと
保険のこと
風邪をうつしたりもらったり

チャンネルでけんかしたり
犬も猫も飼いたいこと
金髪にしたい
並んで
ぜんぶ燃えて骨組みだけになり
あたしにはあたしの洗濯機が
標準使用期間があり
忘れること
都合よく
ここからのほうが都心に出やすいから
乗り換えなしで
五時になると
「夕焼け小焼け」が遠くに聞こえる
ポストにピザのちらし
スポーツジムの
政治家の

電気の検針票
すぐ捨てる
ムラくんと
なんとなく眺めて
どのピザも高価であざやかな
選べない
あたしが
あたしの洗濯機が
大きく口を開けたまま
待っている
あたしの部屋で
すっかり乾いて
さむざむとした部屋
郵便番号
向かいの家が改装工事をしていて
かけ声

男の
昼の十二時に静まり
一時間後にまた
はじまる
日に灼けること
越してきた最初の夜
花火の音だけしていた
ふとんがなくて
バスタオルにくるまって眠った
大きな窓
気づいたら
月の満ち欠けをひとりでに覚えていた
大きな窓のこと
空のこと
今も飛び続け
誰にも受信されない

ワイファイのこと
あたしの部屋
はじめてもったあたしの
契約書の判の乾く時間
あたしは忘れる
歯医者の診察券や
スーパーのポイントカードを
ここで
つくって

食べすぎたら左を下にして横になりなさいと教えられたせいで左向きでしか寝られなくなったよく食べる子どもだったから、食べたものはちゃんと栄養になり泣くべきところで泣け怒鳴るべきところで怒鳴れた。正しかった。あたしもかつては。

揺るがなかった。背が伸びたぶんだけ複雑になり伸びきってから細胞分裂の授業がありコトの全容からくりがわかったようなわからないような、あたしについて、でも実践していくよりほかなさそうだったのでそうして、したら涙の種類がやたらに増え、口のつぐみ方、目はどうやってふせるのか視線のあわせ方、さまざまな部の許し方、絡ませ方、食べる以外に満ち足りていく成り行きを見、制服があわなくなっていった。

そうだ
膝を抱えて目を閉じ
水がきて
右にも左にも回り
泡立ち
甘やかな匂いが
かかとを柔らかくしていた
そうだった
たしかに
水が引き
うなり
また回って

目をしばたかせ
あたしは干された
そよぎ
取り込まれた
たしかにそうだ
ムラくんはうんと正しく
あたしを扱うのだ
どこがどう波打っているか
あたしより先に見つけて
寝るとき
言わなくても
あたしの右にきてくれる
背中にムラくんの心音がある
咳払い
応援している球団の
今日勝った

であたしに通じると信じており
通じるところ
よかったね
うん
きのうも勝ったの
きのうは試合なかった
そう
うん
今日ね
うん
今日っていうかさっきね洗濯機あるじゃんあれにシール貼ってあるのわかる？　そのシールにね七年たったら燃えたりするかもしれませんって書いてるの知ってた？　ビックカメラの洗濯機売り場の　いろんなボタンに役割があっていっこいっこ押していきたい気分だったなってほんとは　お店の人とかいてしなかったけど　つめたい　白くてつめたい全自動のずっと並んでてべつにどれでもよかったのに　なんで押さなかったかなってたまーに思うの　そんときしかもう　ないじゃん今さらこんなこと言ったってさ　もう　そういうこ

とになっちゃうんだって
知ってた？

あたしたちは新品でないと言える
ふたつのからだ
異なる
どこへ指を這わせても
すでに異なる指で切り開かれた
更地なのだと言える
均《なら》されたと
肥えた舌や喉を悦ばせるのは音節であり
いかに切なく息を継ぎ
早めるか
文法は封じられ
かわりに四肢が受動になり能動になって作用し
はたらく

言えない
あたしたちが
あたしたちでなくとも明け暮れているとは
必ずしもそうだとは

火を通しすぎた言語はこわばってろくに咀嚼されないまま吐かれた。マユちゃん。あたしは呼ばれるのがすきだ。お風呂で歌うのが。ゆでたまごを剥くのが。「髪切った」じゃなく「散髪した」と言う男の人が。映画館のカーペットの床。予告。非常灯も消されること。連れて行きたい場所も連れて行かれたい場所もどこをどう撮ればいいか、結局一枚も残らないと正夢するベッドの中の、まだいて、これから頬や目や口に塗ったり描《か》いたり足したりする手つきの軽やかさ、複写したみたいな一週間の端と端をあわせてムラくんはアイロンをあてていく。ワイシャツ。あたしも畳まれたらどんなにいいだろう。正座するムラくん（アイロンをあてるときと洗濯物を畳むときだけムラくんは正座する）の太ももは平らで薄く、耳をつけると跡が残った。真面目な社員なのだ。社員証のムラくんはあたしのムラくんではない。ピンボケもしない。横文字ばっかりのメールを打ち、電話をかけ、だから外で待ちあわせをすると一瞬誰が来たのかわからなくなる。丸ノ内線に乗って降りる。たとえこのままはぐれても薄らさむい気持ちになるだけで、帰りたいところに帰れ、そうしたければ、逃げたいところに逃げられる。もうお姉さんなんだから。あたしはあたしに言ってあげる。もうお姉さんなんだから引いてくれる手を待たなくていい。飴玉を握らされて黙りこくったり肩を震わせたりしていたのは知らなかったせいだ。おいしいものや明るい場所がたくさんあり、音楽や小説があり、わざと迷うことも迷わせることもできる。心細さをすり替えることも、やり過ごすことも。ムラくんはあたしが指さしたものを注文し、あたしが行きたがったカラオケでおっきなミラーボールがある部屋をあてがわれて目を白黒させ、たばこを吸い、マユちゃんこれ何？　あっなんか付いた。手をつなぐ。今日電車でさいつも見えるビルがあるんだけどいつかその屋上から電車が通るの見てみたいなって。会社に着いたら忘れてるんだけど毎朝同じこと思うんだよね。一瞬。あの屋上行きてえなって。

もくじ

初出一覧

シ、どこでも／	「子午線　原理・形態・批評」5号
地下	「つまり猫が好きなんです」vol.1
ミスユーパンデミック	「朝日新聞」平成29年4月26日夕刊
アネクメーネ	「絶景」vol.2
髪を洗う	「地上十センチ」14号
未明	「ユリイカ」平成28年6月号

そのほかはすべて未発表

宿久 理花子（しゅく・りかこ）

1989年大阪府生まれ。2012年「ユリイカの新人」に選ばれる。
2015年詩誌「絶景」創刊。2016年第一詩集『からだにやさしい』
（青磁社）で第21回中原中也賞最終候補。
insomnia0451@live.jp

here

二〇二〇年九月二二日　発行

著　者　宿久《しゅく》　理花子《りかこ》

発行者　知念　明子

発行所　七　月　堂

〒一五六―〇〇四三　東京都世田谷区松原二―二六―六

電話　〇三―三三二五―五七一七

FAX　〇三―三三二五―五七三一

印　刷　タイヨー美術印刷

製　本　井関製本

乱丁本・落丁本はお取り替えいたします。

Printed in Japan
ISBN 978-4-87944-419-6　C0092